句集

磯笛の村

上田久美子

文學の森

野遊びの終り太平洋に出づ

大串　章

句集　磯笛の村◇目次

装画　戸辺　功
題簽　野口万里子
装丁　宿南　勇

句集

磯笛の村

寒昴

一九九八年〜二〇〇四年

金鳳花猟犬川を泳ぎ来る

船賃は硬貨一枚春の川

木偶の糸引けば踊りて春立ちぬ

動きたる水の濁りに蝌蚪のをり

猫の子の里親募る神父かな

ねんごろに仏壇磨き二月尽く

遠くまで歩くおつかひ犬ふぐり

春浅し子犬に飲ます虫下し

春寒し縛られ地蔵縛りたる

春菜売る声朝市に弾みけり

料峭や摩文仁の丘に黙禱す

春の灯の一つとなりて着陸す

春濤の盛り上がるごと日の昇る

新しき町の並木の若桜

花の道二頭立て馬車通りけり

卒業やインドへ一人旅に出る

蕨摘みもう止まらなくなつてをり

太極拳五月の海に真向かひて

生家訪ふ兄丹精の牡丹咲き

住職はをさななじみや夕牡丹

青嵐髭の神父の赴任せる

夏草の青々籠に編まれけり

登山靴磨きて山へまだ行かず
キオスクに柿の葉寿司を買ひにけり

羚羊の大緑蔭に消えにけり

滝白し薄絹のごと岩被ふ

寄せ書きに犬の足形青葉風

甚平と小さき下駄を贈りけり

大好きな母に反抗日焼けの子

汗みどろ老監督を胴上げす

夏祭り一本締めで終りけり

参道はタイムトンネル蓮の花

駒草や標高二千の道標

雲の峰安達太良山の見えて来し

大蜥蜴恐竜のごと蟷螂呑む

午後八時大草原に西日没る

嫁ぐ子と語るロンドン夜の秋

秋日和若き日の衣を嫁ぐ子に

秋螢父の遺しし一歌集

便箋で折りし折鶴原爆忌

栃の実を干して合掌造り守る

温め酒良き旅一つ果てにけり

盥にもバケツにも稲実りけり

鬼やんま餓鬼大将のごと現る

山の子の運動会に出店かな

秋うらら恩師に絵本贈らるる

落鮎の命の丈を摑みたる

草虱いつぱい付けて近道す

草の花子犬の散歩はかどらず

丹波栗飾り丹波の菓子を売る

六尺の子規の人生糸瓜生ふ

ムックリのやうな水音竹の春

木枯に吹かれて一人遅刻の子

新設の喫煙コーナー空っ風

ゆりかもめ船の飛沫のごとく蹤く

落葉尽き明るき山路行きにけり

クリスマス枕辺に置くランドセル

木の形に灯る電飾十二月

祝箸名前の前に座りけり

賀状来るマザー・テレサの言葉添へ

初春の膨れせんべい膨れけり

晴々と雪の遠富士男の子生る

冬の宿軒に芋茎の乾びたる
寒昴子にそれぞれの家路かな

ルルドの水

二〇〇五年〜二〇〇八年

気象庁前の桜の芽吹きかな

春の夜文書く墨をうすく磨り

尼寺の手芸教室囀れり

花吹雪茶釜を祀る古刹かな

風光る岬に白きマリア像

麗らかやオランダ坂を修道女

シクラメン地震保険に入りけり

桃の花サドルを上げて貰ひけり

木馬亭前にチャップリン春の雨

乱れなき最期の葉書冴返る

春灯箱階段の軋みけり

燕来る棚田オーナー募集せり

潮騒の宿の夕餉や桜鯛

逝く春を誰にも告げず旅立ちぬ

風光る行者の如く鋤を踏む

新しき楽しみ増やし種を蒔く

藷植ゑてナス科と記す農日誌

捥ぎたてのトマト昔の匂ひせり

ロボットと握手してゐる夏帽子

水鉄砲思ふ存分濡れにけり

青葉潮耕すやうに貝を掘る

梅雨寒し看取り疲れの身の細り

夜すすぎを終へて決心固めけり

星涼しルルドの水を贈らるる

夏夕べ命預くる書にサイン
オペ室へ母の形見の浴衣着て

華道部の駅に活けたるかきつばた
空席に薔薇を供へしクラスかな

冷し酒磐梯山を褒めてをり

夏山の雨上がりたる生気かな

ひとしきり揉んで神輿の繰り出せり

境内に小さな土俵風薫る

浄域は一万坪や風青し

蜘蛛の囲の火薬庫跡を塞ぎけり

河童忌や母を泣かせし兄二人

絵手紙の一句に鮎を泳がせて

一番鶏朝涼の村動き出す

矮鶏走るバナナ畑の葉騒かな

片蔭に籠を被せて鶏を飼ふ

物売りに付き纏はるる日の盛り

露けしや島の野菜を頭に乗せて

降り立てば祖国は紅葉濃かりけり

朝顔や一日一章読む聖書

絵手紙の甘藷が一つ届きけり

コスモスや宇宙旅行の売り出さる

秋高し竿一本に川下る

木の実落つ石テーブルの方位盤

小鳥来る峡に白亜の美術館

雁の棹崩れ先頭入れ替はる

魂祭り異国の友を連れ来る

予後の身の爽やかに踏むミシンかな

ふいに点くセンサーライトちちろ虫

藁葺の寺にさやけきマリア像
今のごと昔を語る生御霊

トラックに出荷の牛や鳥渡る

藁ぼつち埴輪のやうに並びをり

乳房押す仔牛の鼻や草の花

秋茜丸太造りの駅の椅子

マチュピチュの民族舞踊小鳥来る

星月夜旅先で聞くコンサート

鶏のよく鳴く日なり白露かな

市役所に温泉課あり鶏頭花

煙突の煙一筋冬山家

鄙住みの一日の榾籠に盛り

寒林を我が庭にして子の育つ

かまいたち蝦蟇の油を塗つてみる

白鳥へ最短距離の畦を行く

農小屋の箒長靴山眠る

鯨寄る飛ばされさうな岬かな

風と日と潮騒の島甘蔗刈る

冬麗や総ガラス張り美容室

聖樹に灯小さな家の設計図

初ミサの盲導犬を傍らに

初鏡耳順の髪を梳きにけり

初売りの浅草海苔を積み上げて

スペインの菓子配らるる初句会

寒月やマッチの箱に真砂女の句

やつちやばのちぎれ冬菜の掃かれをり

四百年続く朝市ちゃんちゃんこ

糸紡ぐ媼に冬日届きけり

島を発つ最終便や日脚伸ぶ

待春の塗り替へられてゐる漁船

鮑海女

二〇〇九年〜二〇一二年

花仰ぎ大和の国と思ひけり

花守りの今年の花を褒めにけり

白梅の悟りを開くごと一花

今生の花より母の旅立ちぬ

妣の間を雛の間として灯しけり

百年の軸に華やぐ吉野雛

双方の正論を聞く花の冷え

恐竜館ジュラ紀白亜紀日の永し

牧柵に角研ぐ山羊や春浅き

沼に向く干拓の碑や草萌ゆる

かはたれの春雪となる傘の音

合格子囲みしやぶしやぶ囲みけり

目標は文武両道入学す

燕来る学生街の散髪屋

3・11　茨城県にて

お七夜や地震治まりし春の闇

雉子鳴く余震の朝のあけにけり

小さき家の大き樫の木囀れり

日永し燻製窯のレンガ積む

昨夜の雨今日の太陽木の芽張る

蒼天に白き城あり辛夷咲く

茅花流しふはりと機体浮き上がる

火の国の高き石垣棚田植う

千頭の羊追ふ犬夏野原

緑蔭に木椅子陶椅子石の椅子

キャンプより逞しく子の戻りたる

白百合活く日々是好日の軸に

外房の海女の自叙伝枇杷熟るる

磯笛の村の賑はひ浦祭

鮑海女今日は踊りの波に入る

星涼し灯台に灯の巡り初む

てまり花少女のやうに老いにけり

百万本のひまはり咲かせ町起し

玉葱を吊す梯子を吊しけり

弟を守るといふ子こどもの日

浦島草倒れしままの石仏

一島は万緑の中静もれり

白日傘歩いて島へ渡りけり

人気なき社に水の打たれあり

封人の家の夏炉に翁の座

干し岩魚藁苞に刺し商へり

コロボックルゐさうな蕗の葎かな

蟬時雨能楽堂の木目古り

正門を開けて祭りの使者を待つ

星涼し神事の弓を引きにけり

麦藁帽素焼きの土器を並べをり

狐の嫁入り西瓜畑を過りけり

鰯雲生きる証の一行詩

待宵の手帳に記す出産日

冷し酒龍馬を熱く語りけり

古都に逢ふをさななじみや零余子飯

稲雀来てをり稲を刈つてをり

稲

稲を刈る匂ひの中を通りけり

稲刈つて空広々と蒼々と

穭田に小さき城の影落す

鳥渡る陸奥へ入る国境

船端に小魚の群れ水澄めり

虫すだく蔵の高窓開け放つ

秋灯千の願ひのおしら堂

どこから山見ゆる里豊の秋

早稲田刈り峡に煙の立ちにけり

曲り家に生活の灯秋の暮

灯火親し声出して読む賢治の詩

秋夕焼帆船発火せんばかり

帆引船色なき風を孕みたる

招き猫の百の右手と秋惜しむ

肖像の不屈の眼秋澄めり

バス停に真つ赤なポスト木の実降る

草虱付けて国見の丘に立つ

吊し柿車で届く回覧板

合鴨と育みし稲育ちけり

ハロウィーンピーターパンの英語劇
ハロウィーン仮装のままに下校の子

賛美歌に祝はれてをり七五三

司祭館にインコの飼はれ秋麗

秋寂ぶや群来に栄えし港町

石狩の支流の支流草紅葉

朽舟に灰皿一つ神の旅

極楽鳥花飛ぶやうに活け神無月

日蓮忌眉の険しき木彫像

スカイツリー見る団子屋の障子開け

国生みの神話の島や冬の月

身寄り無き媼翁にサンタ来る

数へ日の喜びの歌聞きに行く

ピエタのマリア一枚残す古暦

悴みて芳名録に名を記せり
木鶏のごときを目指し年迎ふ

床の間に松活くるのみ喪正月

初げいこ古りし小さきバイオリン

パリーより文字の大きな初便り

初乗りの鬣凜と靡かせて

住職はカリスマシェフや蕪蒸

読み聞かす童話の続き冬深む

杉戸一枚切干大根広げ干す

自画像に画家の真髄冬灯

深雪村

二〇一三年〜二〇一五年

涅槃図の続きのやうに集ひけり

涅槃図の一枚にある百話かな

初桜音無川に笛の音

花冷えの太刀に彫られし匠の名

囀りや木屑まみれに仏彫る

牧開き四方の雑木の光り出す

近づけば近付いて来し春の駒

春暁や生れし仔馬の立ち上がる

ふらここや立ちこぎの子の雲に乗る

捨てられて恋に落ちたるペルシャ猫

雁帰る旧街道の標石

渡し舟石蕁の岸を竿で押し

夕桜賽銭箱を運ぶ禰宜

銭湯の残る小路や暖かし

大試験終へ思ひきりピアノ弾く

みどり児のはや自己主張木の芽張る

草餅や母のやうなる姉のをり

亡き父を知る人とゐて暖かし

舟を吊る水塚の土蔵鳥帰る

バス停は六地蔵前犬ふぐり

耕耘機春泥零しつつ帰る

春の雪被き藁塚傾けり

風五月白馬の武者の駆くる軸

帰りには植田となりてそよぎをり

蟻地獄大本山の静けさに

七変化極みの色と思ひけり

青森ねぶた　二句

力水つけてはねぶた山車を引く

襷かけ知事も市長も跳人かな

弘前ねぷた　二句

紅強くねぷた太鼓を打ちに行く

囃子の音変はりねぷたの翻る

めだかの子天眼鏡に生まれけり

通る度めだかの生れし甕覗く

めだかの子水より生れて透きとほる

布袋草と貰はれて行くめだかの子

海亀の産卵待てり闇の浜

海亀の涙百余の卵産み

明け易し亀の足跡波が消し

屋久杉の木目涼しき如来像

袋角孤高に峪を渡りけり

苔の花太古のままの森に咲く

青田風神名備山の水を引き

虹立つやいつもどこかに島の雨

夏の月山また山の山泊まり

姫沙羅の落花明るきひとところ

泰山木ティアラのごとき花蕊かな

藺踊るフランス式の糸繰機

三猿に処世涼しく学びけり

唐門の墨絵の竜や風涼し

七滝を集めて高き瀬音かな

噴水の峰より高く上がりけり

街薄暑英語で犬を制止せり

古稀同窓会

校歌涼し学びし日々の甦る

枇杷熟るる修道院の静けさに

夕焼けてラストシーンのやうな海

青田風野生復帰の鸛

天の川賢治の童話読み聞かす

船大工今日は船頭秋高し

月光に剣舞の剣光りけり

新藁の匂ふ草鞋を編み上げし

曼珠沙華火伏せの神に迫りたる

学習田胸に名札の案山子立つ

セロ弾きのゴーシュ朗読秋気澄む

錦秋の甲斐駒望むワイナリー
銘柄は風林火山新走り

虫時雨五右衛門風呂を溢れしむ

海女小屋へ潮風の道花芒

奉納の稲穂の束に田守の名

神垣の葛飾早稲の匂ひけり

潮待ちの港に秋を惜しみけり

秋冷の神事の御簾を下ろしけり

錠固き岩屋の扉草の花
秋草に潜み埴輪の鳥獣

無住寺に秘蔵の如来鳥渡る

鰯雲ナウマン象の棲みし丘

蒼天に浮雲一つ神還る

冬草を刈るや古墳の匂ひ立つ

棚田より修学院の冬日差し

一陽来復土橋石橋渡りけり

極月やただならぬ世の総選挙
サーカスのピエロと憩ふ年の暮

百態の賀状の馬の躍動す

花束を抱きて古稀の初写真

恵方道石の蛙の祀らるる

撫牛の角の先まで寒に入る

福寿草磨き上げたる駿馬かな

大寒の馬の蹄に油塗る

時雨るるや島に一つの天主堂

火の国の太鼓の響く冬館

寒月光阿蘇カルデラの小宇宙

ゆりかもめドルの使へる港町

雪ばんば白鳳仏を蔵しけり

寒雀木歩の句碑に遊びをり

深雪宿時の止まりしごとく居り

行灯のやうな太陽深雪村

跋

句集『磯笛の村』を読んでまず心に浮かんだのは、上田久美子さんの折り目正しいその暮しぶりである。

ねんごろに仏壇磨き二月尽く
祝箸名前の前に座りけり
妣の間を雛の間として灯しけり
白百合活く日々是好日の軸に
極楽鳥花飛ぶやうに活け神無月

床の間に松活くるのみ喪正月

仏壇を磨き、祝箸にきちんと家族の名前を書き、床の間には季節の軸と花を飾り、節句など季節の行事に合わせて家の中をしつらえる。そこには日本の昔からの仕来りや習慣を尊ぶ暮しのありようが浮かんでくる。久美子さんと吟行や句会を共にした印象は、口跡も行動もてきぱきとして、着こなしの素敵な洋風が身に備わった人、という印象であったから、この句集に見る久美子さんの暮しぶりは少し意外であった。

それは久美子さんの嫁ぎ先のお母様の影響であることを自己紹介により知った。久美子さんは若くして醤油造りで有名な野田市の旧家に嫁いでいる。「旧家に嫁に来て、花道茶道を嗜む良妻賢母そのもののような姑につかえた」。姑がいる間は「そんなに完璧にしなくてもと心の中で反発してはいたものの」いざ、姑がいなくなってみると「几帳面な暮しがのり移ったような自分がいる」と自己紹介に書いている。お姑様の守ってこられた伝統を久美子さんもきちんと守り継いでいるのである。趣味である生花を活かして家の中に花を絶やすことなく、爽やかできりりとした暮しが目に浮かぶ。

日々の暮しを大事にする姿勢は、旅先においてもその土地の暮しぶりに目が向くこととなる。

春菜売る声朝市に弾みけり
栃の実を干して合掌造り守る
冬の宿軒に芋茎の乾びたる
秋灯千の願ひのおしら堂
一番鶏朝涼の村動き出す
矮鶏走るバナナ畑の葉騒かな
片蔭に籠を被せて鶏を飼ふ
物売りに付き纏はるる日の盛り

朝市の春菜を売る声に、寒い冬から解放された喜びがあることを感じ、干されている栃の実に栃餅等を作るであろう、冬の長い合掌造りの村の暮しを思いやり、軒に芋茎の乾びている宿には祖父母の家のような懐かしさを感じている。おしら様は東北地方に伝わる養蚕と農耕の神様。素朴な男女一対の桑の木の彫り物である。それを祀ったおしら堂の前に立ち、過去から今に至る村人達の「千の願ひ」に思いを馳せているのである。

五句目以降は東南アジアの景か。「村動き出す」が鋭く、矮鶏とバナナ畑の取り合わせが新鮮。鶏を「籠の中に」でなく「籠を被せて」飼っているとしたところに臨場感がある。八句目、この物売りは子供か老人だろうか。久美子さんは纏わりつかれて困るというより、そういう暮しを強いられていることに心を動かされたのだ。「日の盛り」が切なさを増す。

ここで久美子さんの生い立ちに触れたい。久美子さんは千葉県松戸市の両親とも教員の家に生れた。父は東京都の国語研究員をつとめ、短歌をよくした。三浦綾子の随筆『白き冬日　短歌に寄せて』に父の東京大空襲の歌が引用されているという。

秋　螢　父　の　遺　し　し　一　歌　集

父母共にクリスチャンで、久美子さんも地元の高校を卒業したあと東京のミッションスクールに入り、今も教会に通っている。

猫　の　子　の　里　親　募　る　神　父　か　な

青　嵐　髭　の　神　父　の　赴　任　せ　る

風　光　る　岬　に　白　き　マ　リ　ア　像

麗　ら　か　や　オ　ラ　ン　ダ　坂　を　修　道　女

賀　状　来　る　マ　ザ　ー　・　テ　レ　サ　の　言　葉　添　へ

朝　顔　や　一　日　一　章　読　む　聖　書

初　ミ　サ　の　盲　導　犬　を　傍　ら　に

司　祭　館　に　イ　ン　コ　の　飼　は　れ　秋　麗

賛　美　歌　に　祝　は　れ　て　を　り　七　五　三

ピエタのマリア一枚残す古暦

マザー・テレサの言葉を添えた賀状、毎日欠かさずに読む聖書、嘆きのマリアの絵のある暦等々、暮しに信仰が息付いている様子がてらいなく詠われている。また、子猫の里親を探す神父、インコを飼う司祭館などは通っている教会の情景か。盲導犬とのミサや賛美歌に祝われる七五三など、微笑ましくも和やかな景が詠われ、これらに寄せる久美子さんの眼差しが優しい。旅先でもつい、マリア像等に目が行くのであろう。

さて、俳句との出会いはどうだったのだろう。それはご主人の定年後二人で始めた登山による。一九九七年ツアー登山で伊豆ヶ岳に登った時、頂上の展望の素晴らしさに、この感動を前々から手慰みにしていた俳句にしようと夫と話していたとき、同じツアーに参加していた荒木民子さん（現「百鳥」同人、当時「濱」会員）に声をかけられ、俳句は一人でやっているより結社に入ったほうがいいとすすめられ、「百鳥」を紹介されたという。こうして一九九八年「百鳥」に入会する。
久美子さんの句が初めて「百鳥」誌上に載ったのは、一九九八年五月号で次の二句であった（この句集には入れていない）。

紅梅の淡雪つけてなほ紅し
読み耽る亡父の歌集日脚伸ぶ

すでに俳句の骨法を踏まえた印象鮮明な句である。
俳句へのきっかけとなった登山ではあるが、登山の句は多くはない。理由は後でわかるのだが。

駒草や標高二千の道標
雲の峰安達太良山の見えて来し
落葉尽き明るき山路行きにけり

駒草は薄紅色が美しい高山植物で砂礫地に咲く。可憐な駒草が咲く砂礫地に道標がぽつんと立っているのが見えてくる。二句目は「安達太良山」が利いている。読者は作者と一緒に智恵子の空を思うにちがいない。三句目は冬枯れの低山。落葉しつくした山路は日がポカポカとして暖かい。明るい冬の低山を素直に詠った。

家事をこなすかたわら登山と俳句を楽しみ始めた久美子さんであったが、突然、不整脈のため、心臓の手術をすることとなる。

梅雨寒し看取り疲れの身の細り
夜すすぎを終へて決心固めけり
星涼しルルドの水を贈らるる
夏夕べ命預くる書にサイン
オペ室へ母の形見の浴衣着て

旧家を守ることの積年の疲れ、高齢となった姑の介護の疲れなど様々な疲れが久美子さんを襲った。「決心固めけり」は、自分の手術だけではなく、自分が入院中の姑の身をどうするか、それを含めての「決心固めけり」であったろう。

「ルルド」は、フランスの山地にある有名な聖地。その洞窟内にある泉の水は病気の治癒に効くと言われている。クリスチャンの久美子さんがこの泉の水を贈られてどんなに力づけられたことであろう。それでも不安はぬぐい切れず、母の形見の浴衣を着て、母に守られるようにオペ室へ向かったのだった。

手術は成功。「予後の身の爽やかに踏むミシンかな」にほっとする。

てまり花少女のやうに老いにけり
鰯雲生きる証の一行詩
木鶏のごときを目指し年迎ふ
三猿に処世涼しく学びけり

手術をした後の久美子さんは登山は無理となったが、吹っ切れたように、俳句とともに生きることを決意する。意志の強い、活発な少女だった久美子さんが戻ってきたのだ。「少女のやうに」可憐に老いた自画像、季語「てまり花」がいい。「生きる証」を俳句に託した久美子さんは、強さを外に表さない「木鶏のごとき」生き方をめざし、三猿に「見ざる、言わざる、聞かざる」の処世を学び、清々しく生きようと心に誓うのであった。

ふいに点くセンサーライトちちろ虫
初売りの浅草海苔を積み上げて
やつちやばのちぎれ冬菜の掃かれをり
乳房押す仔牛の鼻や草の花
茅花流しふはりと機体浮き上がる
牧柵に角研ぐ山羊や春浅き
かはたれの春雪となる傘の音
耕耘機春泥零しつつ帰る
近づけば近付いて来し春の駒
明け易し亀の足跡波が消し
繭踊るフランス式の糸繰機

まず、写生の目が利いた句を挙げた。

一句目、路地を歩いていて急に点くセンサーライトに驚くことがある。その一瞬を掬った。俳句でしか言えない世界。「ちちろ虫」がよく利いて、路地の暗さと静かさを暗示する。二句目、「積み上げて」で句になった。三句目、市場を掃いている光景はよく見かけるが、掃かれているものが冬菜の切れっ端。見過ごしそうなものを見つけて句にした。喧騒の去った市場の景である。四句目、乳を欲る仔牛の様子を鼻に焦点をあて臨場感がある。五句目、飛行機の浮上の体感を写生。

六句目、なぜ山羊は角を研いでいるのだろう。これから角突きでもするのだろうか。山羊の行動を写しただけだが、想像が広がる。四句目の仔牛もそうだが、辛抱強く待ってはじめて得られた句であろう。七句目、聴覚の捉えた写生。薄闇の中に雨が雪となる変化を傘の音に捉えた。モノトーンの風景。八句目、「零しつつ」に遠ざかる耕耘機の姿が見えてくる。九句目、馬に近寄ろうとしたら馬も近づいてくるではないか。はっと思ったことが句になった。十句目、海亀の一連の句の中で、亀の足跡に注目し、波が消して行くのを見届けた写生の目が素晴らしい。十一句目、糸を紡がれている繭がくるくる動くのを「繭踊る」とした描写が見事。「フランス式の糸繰機」とあるから、富岡製糸場での作か。黒くて重厚な機械と小さな白い繭の対比もいい。

筆者が久美子さんの句に注目したのは、「百鳥」二〇〇三年六月号に「春の灯の一つとなりて着陸す」を見たときからである。「一つとなりて」という把握に目を瞠る思いがしたことを覚えている。把握の鋭さはこの句集にも随所に見られる。

恐竜館ジュラ紀白亜紀日の永し
合鴨と育みし稲育ちけり
春の雪被き藁塚傾けり
涅槃図の続きのやうに集ひけり
ふらここや立ちこぎの子の雲に乗る

めだかの子天眼鏡に生まれけり

めだかの子水より生れて透きとほる

曼珠沙華火伏せの神に迫りたる

撫牛の角の先まで寒に入る

一句目、恐竜館を見学して久美子さんが捉えたのは、巨大な骨格や見上げている子供たちでなく、恐竜のいた時代からの壮大な時間の流れである。「ジュラ紀白亜紀」のあと、「日の永し」という現在の時間の流れを表す季語をおいたことにより、恐竜のいた時代から現在まで時間が繋がっていることを想起させる。鋭い把握である。二句目、「合鴨と」の「と」がいい。合鴨を機械のかわりに使ったのではなく、共に稲を育てた仲間として見ているのである。三句目、もともと藁塚は傾いでいたのだろう。積もった雪の偏っているのを見て、雪を被て傾いだと言いなしたのである。四句目、大勢で涅槃図を見たあと、寝釈迦を囲む動物たちのように集まっている。「続きのやうに」がいい。五句目、低い位置から見ると高く漕いだブランコの子が雲に乗ったように見える。視線の角度を変えてみたおもしろさ。
六句目、めだかの子があまりに小さいために天眼鏡で見ていて、ふいに発見。それを「天眼鏡に生まれけり」として詩になった。久美子さんは目高をたくさん飼っている由。七句目の「水より生れて」とともに、日々の観察があってはじめて生まれた句。八句目、火伏せの神から想像する火事の炎と真っ赤な曼珠沙華を衝突させた。火伏せの神が曼珠沙華に迫られてたじたじとなっているような雰囲気。把握の良さと言葉の斡旋の面白さ。九句目、浅草の牛島神社には石造の大きな撫牛があり、参詣人に撫でられて全身ぴかぴかに光っている。自分も撫でてみるとひどく冷たい。「角の先まで寒に入る」の把握の素晴らしさ。

金 鳳 花 猟 犬 川 を 泳 ぎ 来 る
華 道 部 の 駅 に 活 け た る か き つ ば た
農 小 屋 の 箒 長 靴 山 眠 る

干し岩魚藁苞に刺し商へり
糸紡ぐ媼に冬日届きけり
朽舟に灰皿一つ神の旅
人気なき社に水の打たれあり
渡し舟石蓴の岸を竿で押し
身寄り無き媼翁にサンタ来る
舟を吊る水塚の土蔵鳥帰る
青田風神名備山の水を引き
潮待ちの港に秋を惜しみけり

地味な句群であるが、作者の捉えたものを素直に表現して情のあるこれらに惹かれた。作者の暮しや人生に対する考え方が句から立ち上がって来るからだ。

一句目は句集冒頭の句。猟犬が川を泳いでくるという珍しい光景を詠んだ。山登りの途中の景か。荒々しい光景を金鳳花が和らげている。これが、「百鳥」へ投句を始めて三ヶ月目の句ということを聞いて驚いた。すでに後々の活躍を予感させる詠みぶりである。

二句目、生花を趣味としている作者だからこそ駅に活けられている花に「華道部」を見つけたと言える。三句目、「山眠る」がいい。箒、長靴を使う農家の人も春まで束の間の休みをとっているに違いない。四句目、干し岩魚を売るのに「藁苞に刺し」ているのを見つけ、五句目、媼への労りの気持ちが「冬日届きけり」となった。六句目、「灰皿」に、かつてその船で活躍した男達の姿が髣髴とする。七句目、暑い日中の「人気なき社」だが、水を打たれて清浄感が漂う。八句目、「石蕗」の発見がいい。九句目、老人施設の風景か。「サンタ来る」と明るくおさめているが、読後はどこかもの淋しさを揺曳する。サンタが来ない日々を思う故か。

十句目、水塚は洪水のとき避難するため屋敷内に築いた高地。舟は洪水のとき重要な交通手段となる。今は下水処理が発達してあまり使われなくなったが、かつてはその地域の人にとっては必需品。忘れがちなものに目をとめて土地の歴史を浮かび上がらせた。十一句目、「神名備山」

の固有名詞が利いている。昔から稲作は神に祈り、神に捧げてきた。この青田も神の恩寵という思いがある。十二句目、「秋惜しむ」によって潮待ちの港の風景が様々に想像される。述べ過ぎない俳句の良さである。

子ども好きな久美子さんは、学生時代には児童文化研究会に所属。幼稚園や合宿の村では、そこの子供たちに本を読んだり一緒に遊んだりしたと言う。そんな久美子さんであるから子供や孫へ寄せる句も多いが、いずれも甘くならず、情を抑えた詠みぶりが読者の共感を誘う。

卒業やインドへ一人旅に出る
秋日和若き日の衣を嫁ぐ子に
晴々と雪の遠富士男の子生る
寒昴子にそれぞれの家路かな
寒林を我が庭にして子の育つ
お七夜や地震治まりし春の闇

雉子鳴く余震の朝のあけにけり
キャンプより逞しく子の戻りたる
みどり児のはや自己主張木の芽張る
天の川賢治の童話読み聞かす

「インド」「秋日和」「晴々と」「逞しく」「自己主張」という言葉に作者の思いがこもる。四句目は正月であろうか。独立した子が「それぞれの家路」を帰るのを見送っている。母親の安堵感とわずかな寂しさに見上げる「寒昴」である。「寒林を」は、筑波の山中でログハウスを建て「鄙住みの一日の榾籠に盛り」の暮しをしている息子さんのこと。「子の育つ」に、そんな暮しを見守る親としての情が溢れる。

地震の句は重い。地震が治まってようやく春の潤んだ闇に気づいたのである。東日本大震災の時、久美子さんは茨城県へ嫁いだお嬢さんの出産を手伝いに行っていた。地震のあった直後にお嬢さんは赤子を抱いて退院してきた。その緊張を「百鳥」二〇一四年六月号〝ひろば〟に綴っている。家の中が地震で滅茶苦茶になったのを、産後の娘に見せてはならじと、お嬢さんを車の中に待たせ、必死になって片づけたという。母親としての心情が胸を打つ。

読み聞かせの句や賢治を詠った句がいくつかある。子や孫へたくさん読んだのであろう。この「天の川」は直接的には「銀河鉄道の夜」を暗示しているが、お子さんたちに賢治のような想像の翼をはばたかせてほしいという久美子さんの願いが込められているような気がした。

そこはかとなくユーモアの漂う句群がある。先に述べたような律した生き方を自己に課した久美子さんであるが、一方でこんな心の余裕をも持ち合わせていることがうれしい。

鬼やんま餓鬼大将のごと現るる
かまいたち蝦蟇の油を塗ってみる
招き猫の百の右手と秋惜しむ

捨てられて恋に落ちたるペルシャ猫
街薄暑英語で犬を制止せり
恵方道石の蛙の祀らるる

久美子さんによると、二人の兄は餓鬼大将でお母様を大いに困らせたらしい。鬼やんまはたしかに利かない貌をしている。「蝦蟇の油」は落語の香具師の口上を思い出し、半信半疑で「塗つてみる」のである。たくさん並んでいる「招き猫」、その右手に焦点を絞っておかしみが増した。

貴重なペルシャ猫を捨てるのはよほどのことだろうが、「捨てられて恋に落ちた」のだから反って良かったのかもしれない。「捨てられて恋に落ちた」というフレーズが、猫の独白のようでもあるおかしさ。「英語で犬を制止」するのは何というのだろう。「シットダウンプリーズ」と、プリーズを付けるのだろうか。「石の蛙」を見て「恵方道」と取り合わせたところに余裕が感じられる。

最後に、この句集の白眉と思われる句を挙げる。

花仰ぎ大和の国と思ひけり

鮑海女今日は踊りの波に入る

一句目は、日本人すべての桜へ寄せる気持ちを代弁したような、歴史と奥行きのある句である。この句について、大串主宰は、

この句の背景には、有名な「敷島のやまとごころを人とはば朝日ににほふ山桜花　本居宣長」があるようだ。宣長は江戸中期の国学者、「敷島の（しきしまの）」は大和にかかる枕詞である。大和心とは何かと問われたら、朝日に照り映える山桜だと答えよう。朝日に映える山桜の美しさに感動する心こそ、大和心だというのである。作者の上田久美子さんは桜の花を仰ぎながら本居宣長の和歌を思い出し、ああ大和の国（日本）だなあと、改めて思ったにちがいない。

と「百鳥」二〇〇九年七月号の〝百鳥の俳句〟に書かれている。

二句目の句の前に「磯笛の村の賑はひ浦祭」がある。書名となった句である。房州は久美子さんのご両親の生家のある土地。幼いころから慣れ親しんだ土地であり、亡き父母につながる思い出の地でもある。この地を詠った一連はあとがきで久美子さんが書いているので省略するが、海女が、今日は海の波でなく「踊りの波に入る」とした見事さ。それは単なる言葉の綾だけではなく、踊りの輪の大きさ、踊りのうねりまで見えてくる措辞である。これら一連の句で、久美子さんは二〇〇九年の百鳥賞を受賞された。着実な歩みを続けて受賞に至ったことはまことに喜ばしくうれしい事であった。そのことを申し添え、拙い跋文の終りとしたい。

久美子さん、第一句集のご上梓心よりお祝い申し上げます。

二〇一五年七月

若林杜紀子

あとがき

『磯笛の村』は私の第一句集です。一九九八年より二〇一五年までの十八年間の作品の中から三三四句を収めました。

句集名の『磯笛の村』は、

磯 笛 の 村 の 賑 は ひ 浦 祭

から採りました。

房総の母の里で、間近にした海女祭りで賜った句です。闇の浜に松明と桶樽を持った正装の海女が勢揃いし、その夜泳が輪になって浜を巡る光景は幻想的でした。

古稀を越え、身辺整理の一つとして、子や孫に私の生きて来た証を残しておきたいという思いから上梓を決心いたしました。

「己より発する句」を信条に日記のように、日常の暮らしの一齣一齣を、また旅の非日常を句にしたためてきました。一句を詩に昇華させることの難しさを感じながら、やればやるほど奥の深い文学に惹かれて今日に至っております。

『俳句とともに』で大串章主宰の書かれておられる俳句の力、「俳句という短い詩を作ることの魅力、そこに打ちこむことによって自分の力、持てるものが具体的に現れてくる表現の魅力、（中略）作ることの喜びが、生きることの喜びに繋がっていく」のお言葉に頷くばかりです。

序句に頂いた、

野遊びの終り太平洋に出づ　　大串　章

この句には特別な感慨があります。ラジオの深夜放送で、未明に夢うつつに聞いた「今日の一句」のこの句に感動したことを今も忘れません。房州に生まれ育った両親を持つ私は、幼少の頃から千倉の浜や岩井海岸を訪ねていたので、一句の景がなつかしく脳裏に浮かびました。自分が野遊びをしているような錯覚さえ覚え、そのまま又、夢の中に戻っておりました。この句に出会うたびに、亡き父母を、幼き日々を思い出すのです。

刊行にあたり、柏句会、野田句会でご指導いただき、「百鳥」入会時の初心より育てて下さった松田雄姿先生にご選をしていただきました。句集の題名となった『磯笛の村』は雄姿さんが名付け親です。嶋﨑茂子さんには柏句会、かたかご句会で熱心なご指導をいただき育てていただきました。本部句会、深川句会でお世話になっている大和あい子さんはじめ、楽しく真剣に句座を共にして下さるたくさんの諸先輩、句友の皆様に、心より感謝申し上げます。

若林杜紀子さんには大変お忙しい中、丁寧な跋を書いていただきました。一句一句が生き生きと光を得、拙句集に華を添えていただきました。心より厚くお礼申し上げます。

装画、題簽でお手間をおかけした戸辺功さま、野口万里子さま、ありがとうございました。

「文學の森」の齋藤様には的確なアドバイスをいただき、大変お世話になりました。

最後に、旅好きな家族と日本各地を巡ることが出来る幸せと、暗黙の内に協力してくれることに感謝します。

二〇一六年一月

上田久美子

著書略歴

上田久美子（うえだ・くみこ）

1944年６月12日　千葉県生れ
1998年　「百鳥」入会、大串章に師事
2009年　「百鳥」同人、百鳥賞受賞

俳人協会会員

現住所　〒278-0031　千葉県野田市中根218

句集

磯笛《いそぶえ》の村《むら》

百鳥叢書第八八篇
発　行　平成二十八年一月十五日
著　者　上田久美子
発行者　大山基利
発行所　株式会社　文學の森
〒一六九-〇〇七五
東京都新宿区高田馬場二-一-二　田島ビル八階
tel 03-5292-9188　fax 03-5292-9199
e-mail mori@bungak.com
ホームページ http://www.bungak.com
印刷・製本　竹田　登

ISBN978-4-86438-480-3 C0092